Lithographie: Atelier Laut, Wien
Druck und Verarbeitung: Theiss, Wolfsberg
Printed in Austria
ISBN 3-85452-066-2

STEFAN SLUPETZKY

DIE TRAUMTÖPFE

PICUS VERLAG WIEN

»Brummdideldumm!« rief Thaddäus.
Er tanzte über die Wiese und sang:

»Honigluft, Honigduft,
Honigsonnenschein!
Was denn mehr braucht ein Bär
noch zum Glücklichsein?«

Da hörte Thaddäus hinter sich ein leises Geräusch.
Er drehte sich um.

Es war ein eigenartiger Besucher, wie ihn Thaddäus noch nie gesehen hatte.

»Guten Tag, werter Bär!
Bitte lesen! Danke sehr!«

krächzte der sonderbare Vogel und gab Thaddäus einen kleinen Zettel.
Dann flatterte er davon.
Thaddäus las die leuchtend bunten Worte auf dem Papier:

Super! Extra! Neu!
Original Traumtöpfe!
Ausprobieren gratis!
Vergiß deinen täglichen Trott!
Sei glücklich! Sei fröhlich! Sei flott!
Hol dir den Traumtopf
bei Pappa Paradise
am Waldrand!

Seinen Honigeimer hatte Thaddäus längst vergessen. Aufgeregt rannte er nach Hause, um den Zettel seinen Freunden zu zeigen.

Mitten im Wald gab es einen kühlen Teich.
Aus dem Teich erhob sich eine kleine Insel, zu der eine Brücke führte.
Auf dieser Insel stand ein großer Baum.
Unter dem Baum wohnte Thaddäus in seiner gemütlichen Höhle.
Und oben, in den höchsten Ästen, hatte Professor Pinguin sein Nest.
Pinguine können nicht fliegen.
Aber der Professor probierte es immer wieder.
Und die Vögel des Waldes sahen ihm dabei zu.
Gerade kletterte er wieder aus seinem Nest.
Er hatte zwei große Flügel aus weißen Federn umgeschnallt.

»Wohlan, voran, jetzt werd' ich fliegen
und dafür den Nobelpreis kriegen!«

rief Professor Pinguin mutig.

Dann nahm er einen Anlauf und rannte über den Steg, der vom Nest bis mitten über das Wasser reichte.
Er stieß sich kräftig ab und sprang.
Kurz hing der Professor in der Luft.
Ja, erst sah es so aus, als könne er wirklich fliegen.
Aber nur kurz, denn schon ging es abwärts.
Zuerst lösten sich die Federn von den Flügeln.
Dann lösten sich die Flügel vom Pinguin.
Und schließlich hörte man ein lautes Platschen…
Es dauerte ein bißchen, bis Professor Pinguin wieder auftauchte.
Patschnaß torkelte er an Land.
Die Federn wirbelten um ihn herum und bedeckten den Boden mit einer dicken, weißen Schicht.

»Bravo!« rief eine Stimme.
»Einfach genial! Du kannst ja Schnee machen, Professorchen!
Und zwar mitten im Sommer!«
Das war Otto Otter, der gerade seinen Kopf aus dem Wasser streckte und vergnügt die winterliche Insel betrachtete.
Er wußte natürlich, daß der Pinguin keinen Schnee machen konnte.
Er wußte viel.
Aber er konnte es sich nicht verkneifen, seine Freunde manchmal zu necken.
Otto wohnte auf dem Grund des Teiches.
Angeblich war er Maler, aber keiner hatte je ein Bild von ihm gesehen.
Der Professor machte ein beleidigtes Gesicht.
Er wollte gerade antworten, da kam Thaddäus herangeschnauft.
»Seht her!« rief er atemlos.
»Seht euch das an!«
Und in der Hand schwenkte er das Papier, das ihm der sonderbare Vogel gegeben hatte.

Am nächsten Morgen machten sie sich zum Waldrand auf.
Zuerst wollte Otto gar nicht mitkommen.
»Ich hab's lieber flüssig,« schimpfte er, »und euren Ausflug finde ich überflüssig!«
Aber dann bastelte ihm der Professor eine Teichwasserbadewanne mit Bärenantrieb.
Die war so schön, daß Otto hineinstieg und seine Freunde begleitete.

Auf der Wiese vor dem Wald stand das Zirkuszelt von Pappa Paradise.
Thaddäus hatte noch nie ein Zelt gesehen.
»So ein schönes, so ein wunderfarbenschönes Stoffhaus!« rief er.
Vor dem Zelt standen drei Sessel.
Drei Sessel für drei Freunde.
Man hatte also schon auf sie gewartet.

PP
PP

Und da sprang auch schon Pappa Paradise aus dem Zelt.

»Hast du Sorgen? Geht's dir mies?
Komm ins Traumtopfparadies!«

sang er mit lauter Stimme.
»Herzlich willkommen, bitte Platz zu nehmen!«
Thaddäus und Professor Pinguin setzten sich sofort.
Nur Otto blieb in seiner Wanne und schaute grimmig.
Pappa Paradise begann zu tanzen und zu singen:

»Irre Farben, tolle Träume,
lila Wolken, rote Bäume,
Dinge, die sonst nie gescheh'n,
könnt ihr nur im Traumtopf seh'n!«

Dann verschwand Pappa Paradise im Zelt.
Als er wieder herauskam, hielt er die Traumtöpfe in der Hand.
»In diesen Töpfen steckt die ganze Welt!« rief er.
»Alles, was ihr träumen wollt!
Einfach aufsetzen.
Ausprobieren gratis!«
Thaddäus zögerte.
Aber als Professor Pinguin kurzentschlossen einen Traumtopf nahm
und über seinen Kopf stülpte, da tat der Bär das gleiche.
Nur der Otter blieb in seiner Wanne und schaute immer noch
grimmig.

PP

Da saßen sie nun, die beiden, mit den Töpfen über den Ohren.
Und sie träumten so bunt, daß ihnen die Augen wehtaten.
Der Pinguin träumte, daß er fliegen konnte.
Er schwebte hoch in der Luft und blickte hinunter auf leuchtende Wälder und Felder.
Der Bär träumte von hundert Eimern voll mit Honig.
Rosa Honig, blauer Honig, grüner und oranger Honig.
Soviel, daß Thaddäus nie alles aufessen hätte können.
Der Otter aber hielt sich den Bauch vor Lachen.
»Ihr solltet euch sehen können!
Zwei schäbige Nachttöpfchen auf euren zwei Prachtköpfchen!«
Kichernd verschwand Otto im Wasser und tauchte nicht mehr auf.

»Ich muß ihn haben! Ich muß diesen Topf haben!« krächzte Professor Pinguin, als er den Traumtopf abgenommen hatte.
»Dafür gebe ich alle meine Bücher her!«
Thaddäus flüsterte: »Honig! Hundert Eimer Honig für einen Traumtopf...«
Der Bär schien immer noch zu träumen.
Aber Pappa Paradise schüttelte den Kopf.
»Ganz einfach Farben,« sagte er.
»Bringt mir die Farben aus eurem Wald!
Aus frischen Farben mache ich neue Traumtöpfe.
Traumtöpfe für die ganze Welt!
Und eines Tages, ja, eines schönen Tages wird die ganze Welt glücklich sein!«

Professor Pinguin sah Thaddäus an und sagte:
»Das machen wir!«
Thaddäus sah Professor Pinguin an und sagte:
»Ich bin dabei!«
Und sie schüttelten Pappa Paradise die Hand.
Zufrieden machten sie sich mit ihren Töpfen auf den Heimweg.
»Morgen geht die Arbeit los!« rief ihnen Pappa Paradise zum Abschied nach.
Und noch lange hörten sie sein Lachen im Wind.

Thaddäus und Professor Pinguin waren sehr müde,
als sie am nächsten Tag zur Arbeit gingen.
Sie hatten die ganze Nacht in ihre Traumtöpfe geschaut
und kein Auge zugemacht.
Bei der Brücke wartete Otto.
»Hört mir einmal zu…« begann er.
Aber der Professor unterbrach ihn: »Keine Zeit – die Arbeit ruft!«
Und Thaddäus gähnte: »Nicht böse sein Otto, ein andermal…«
Den ganzen Tag sammelten der Bär und der Pinguin nun Farben ein.
Die Farben füllten sie in kleine Fläschchen.
Der sonderbare Vogel von Pappa Paradise paßte auf, daß sie auch
alles richtig machten.
Als es dunkel wurde, nahm er die Fläschchen und flog davon.
Jetzt freuten sich Bär und Pinguin auf einen gemütlichen
Traumtopfabend.

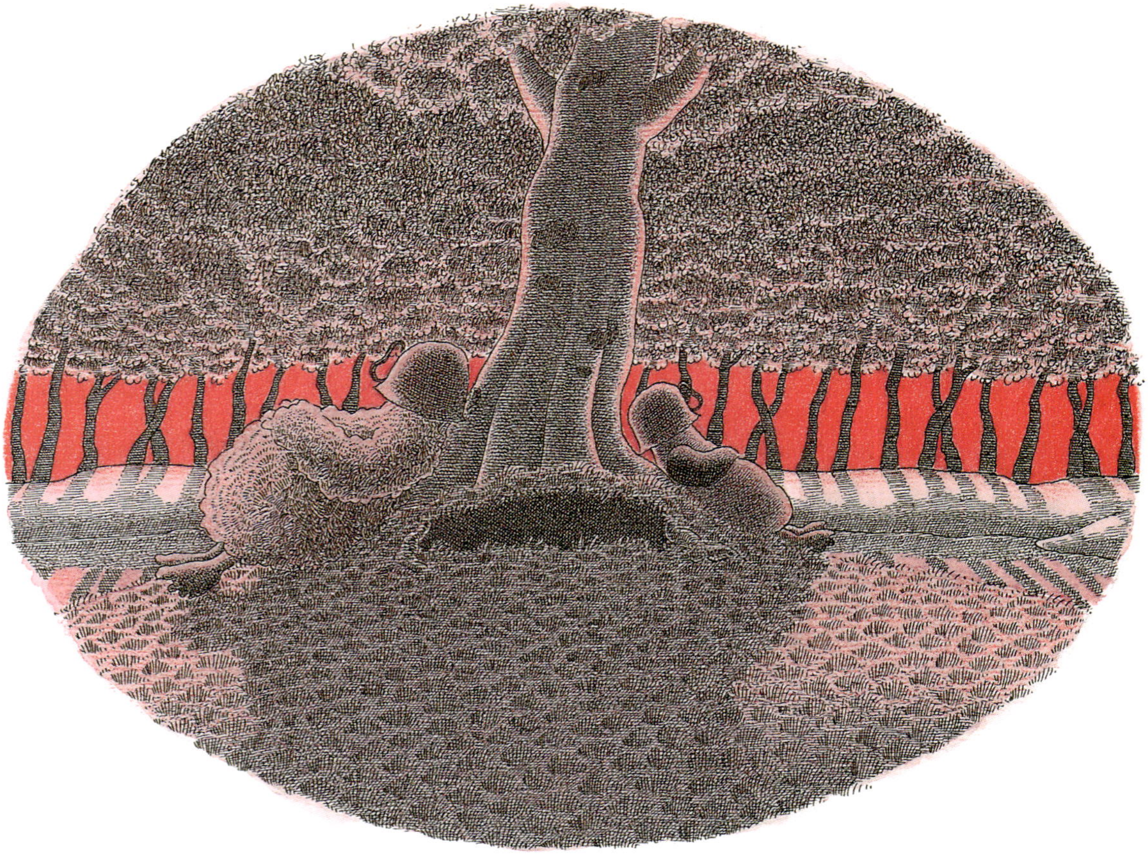

So ging das nun Tag für Tag, Woche für Woche, monatelang.
Von früh bis spät kratzten Thaddäus und Professor Pinguin Farben ab.
Jeden Abend gingen sie müde nach Hause und setzten die Traumtöpfe auf.
Es war sehr still geworden im Wald.
Die Bienen suchten ihren Honig woanders, weil sie die Blumen nicht mehr sehen konnten.
Die Vögel waren weggeflogen, weil sie ihre Nester nicht mehr fanden.
Und eines Tages war der ganze Wald tot und ohne Farben.
Nur noch der Teich, die Insel und der Baum waren übriggeblieben.

Otto Otter hielt das schließlich alles nicht mehr aus.
Er hatte lange genug gewartet.
Nun beschloß er, etwas zu unternehmen.

Spät in der Nacht, als seine Freunde schon träumten,
schlich Otto an Land.
In einer Hand hielt er ein leeres Fläschchen.
Ganz leise kroch er in die Höhle von Thaddäus.
Kurz darauf kletterte er die Strickleiter des Professors hinauf
und verschwand im Pinguinnest.

Nach einer Weile kam Otto wieder heraus in das Licht der Sterne.
Im Farbenfläschchen glitzerte es jetzt bunt.
Der Otter hatte seinen Freunden die Farbe geraubt.

»Gelber Pinguin, brauner Bär,
ihr habt keine Farbe mehr!
Träumt nur tief bis zum Erwachen,
morgen habt ihr nichts zu lachen!«

Otto lächelte listig und sprang hinunter in den Teich.

»Thaddäus!« kreischte Professor Pinguin am nächsten Morgen.
»Wie siehst du denn aus?«
Und der Bär brüllte: »Was ist denn mit dir passiert?«
Da standen sie nun, die beiden, und fanden sich furchtbar häßlich.
Und dann wurden sie sehr, sehr traurig.
»Was haben wir bloß angerichtet…« flüsterte Thaddäus.
»Wer kann uns jetzt noch helfen?« jammerte der Professor.
»Ich!« sagte Otto Otter.
Er stieg aus dem Wasser und erzählte den Freunden von seinem Plan.

In der folgenden Nacht gingen die drei noch einmal zum Zirkuszelt.
Vorsichtig schauten sie hinein.
Mitten im Zelt stand ein großer, goldener Kessel.
Darin waren all die Farben, die der Bär und der Pinguin gesammelt hatten.
Pappa Paradise bewachte zufrieden seine Beute.
Der sonderbare Vogel hatte einen Traumtopf auf dem Kopf und bewegte sich nicht.
Endlich mußte Pappa Paradise gähnen.
Und schon bald fielen ihm die Augen zu.
Er schlief.
Darauf hatten die Freunde gewartet.

Auf Zehenspitzen schlichen Thaddäus und Professor Pinguin in das Zelt.
Der Bär packte den schweren goldenen Kessel und trug ihn hinaus.
Der Pinguin schob hinten an.
Gemeinsam hoben sie den Kessel in Ottos Badewanne.
»Fertig!« zischte der Otter.
Und dann liefen sie, so schnell sie konnten.
Ausgerechnet in diesem Moment wachte Pappa Paradise auf.
»Meine Farben! Wo sind meine Farben!
Gebt mir meine Farben wieder!« brüllte er.
Und wütend rannte er den Freunden nach.

»Schneller!« rief Otto, »schneller! Immer geradeaus!«
Thaddäus schnaufte vor Anstrengung.
Hinter ihnen schrie und tobte Pappa Paradise.
Er kam immer näher.
Aber da hatten sie die Insel schon erreicht.
»Vergiß die Brücke nicht!« rief Otto.
Thaddäus nahm das Ende der Brücke in seine großen Hände
und zog daran, so fest er konnte.
Der Bär keuchte. Und das Holz krachte. Und das Wasser spritzte.
Und dann versank die Brücke im Teich.
Thaddäus und Otto waren gerettet. Aber wo war der Professor?
Ein Pinguin kann nicht so schnell laufen wie ein Bär.
Otto und Thaddäus hatten das vergessen.
Und so hatten sie nicht gemerkt, daß der Professor noch gar nicht
über die Brücke gekommen war.

»Hab ich dich!« schrie Pappa Paradise und versuchte den Pinguin zu fangen.
Der Professor zappelte vor Angst und flatterte wild mit seinen kleinen Flügelchen.
Da geschah etwas ganz Unglaubliches:
Plötzlich war er hoch in der Luft.
Der Pinguin flog!
»Seht her! Ich kann es wirklich! Ich kann fliegen!«
Er flog über den Teich und landete mitten auf der Insel.
Pappa Paradise schimpfte noch einen ganzen Tag lang.
Dann zog er ab und kam nie wieder zurück.

»Was tust du denn! Die schönen Farben!« rief Professor Pinguin entsetzt.
Otto Otter leerte gerade den Farbenkessel in den Teich.
»Was auch immer passiert, ihr müßt mir vertrauen!« sagte er.
»Bleibt stehen, wo ihr seid!«

Es war ein wunderschöner Tag.
Die Sonne schien warm auf das Wasser.
Bunte Wolken stiegen vom Wasser zum Himmel hoch.
Und auf einmal leuchtete ein herrlicher Regenbogen über dem Wald.
Da fing es an zu regnen.

Viele tausend bunter Tropfen fielen vom Himmel.
Bäume und Blumen, Wiesen und Felder, Bär und Pinguin bekamen langsam ihre Farben wieder.
Und als der Regen aufhörte, war der Wald wieder so schön wie früher.

»Brummdideldumm!« rief Thaddäus,
»Honigluft, Honigduft,
Honigsonnenschein!
Was denn mehr braucht ein Bär
noch zum Glücklichsein?
– Gute Freunde braucht ein Bär
noch zum Glücklichsein!«

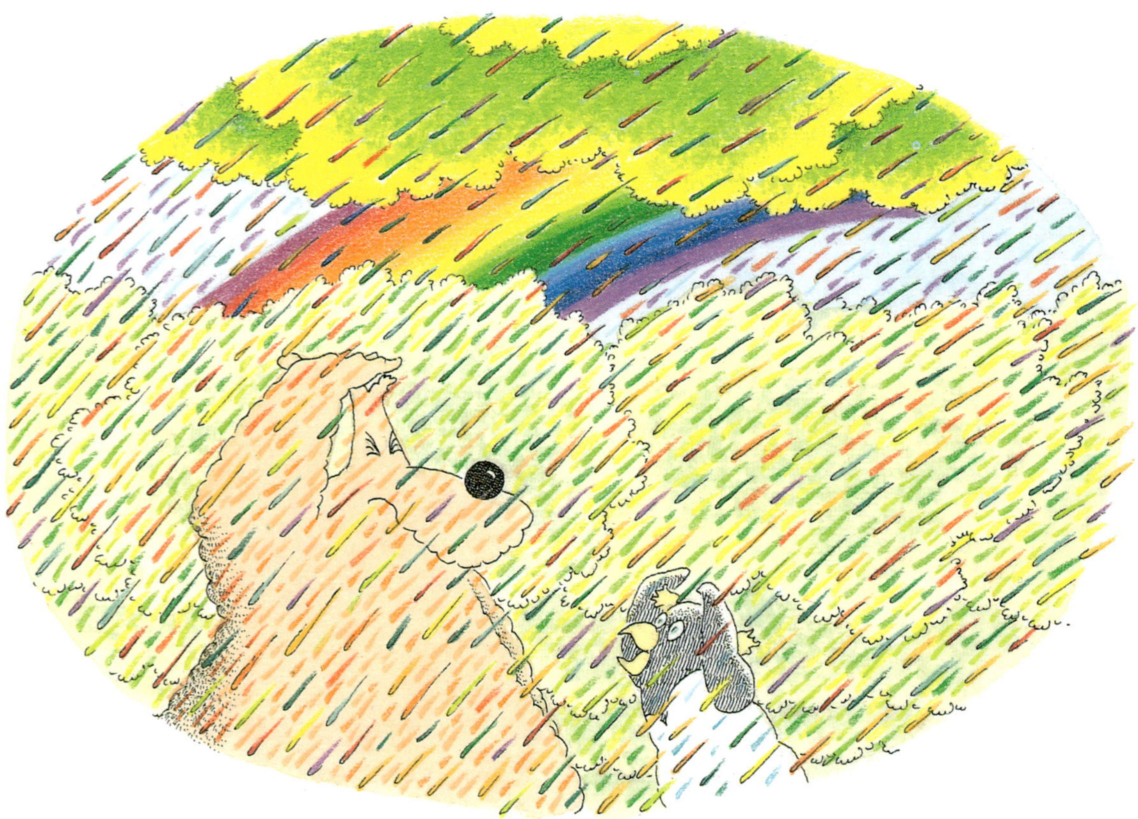